准格尔精品文库

漫瀚流韵

何贵军　著

远方出版社
·呼和浩特·

图书在版编目（CIP）数据

漫瀚流韵 / 何贵军著. --呼和浩特： 远方出版社，2025.7.（2025.11重印）--（准格尔精品文库）.
-- ISBN 978-7-5555-2228-7

Ⅰ. I227

中国国家版本馆 CIP 数据核字第 20250FP317 号

漫瀚流韵

MANHAN LIUYUN

著　　者	何贵军
责任编辑	蔺　洁
封面设计	李鸣真
版式设计	韩　芳
出版发行	远方出版社
社　　址	呼和浩特市乌兰察布东路 666 号　邮编 010010
电　　话	（0471）2236473 总编室　2236460 发行部
经　　销	新华书店
印　　刷	呼和浩特市圣堂彩印有限责任公司
开　　本	787 毫米 ×1092 毫米　1/16
字　　数	130 千
印　　张	14.625
版　　次	2025 年 7 月第 1 版
印　　次	2025 年 11 月第 2 次印刷
标准书号	ISBN 978-7-5555-2228-7
定　　价	55.00 元

“准格尔精品文库”总序

准格尔旗，本土作家的文学创作原乡。本土作家们钟情于身处黄河几字弯腹地，黄河与沙漠邂逅、与草原相伴、与长城握手、与峡谷相拥，自然之美与人文之美碰撞交融的地方。感受着源于准格尔独特条件而充分交流融合、多元复合、和谐开放的地域文化。探究着这块土地上多种文化共同构成的内涵丰富、和谐共生的地域文化特色。领略着体现出久远性、民族性、开放性、包容性、亲和性和进取性的历史文化特性。

一方水土养一方人，在黄河几字弯这块厚重的大地上，准格尔旗的文化传承了中华千年仁义礼智信的核心内涵和优秀传统美德。淳朴的民风，一张张热情友善的笑脸，花开时看花，情浓时喝酒，天马行空的自由，海纳百川的潇洒，格调里融汇了博爱、敦厚，豪迈、自信的风骨尽显人文之盛。

一个地区的风情，是一代人匠心独具的灵魂传承。

一个地区的故事，是几辈人培根铸魂的情怀叠加。

这个地区，社会事业空前发展，社会治理显著改善，城乡面貌发生了显著变化，人民生活水平得到了显著提高，幸福指数屡创新高。准格尔旗人深感欣慰和自豪。

为了更好地介绍准格尔之美、展示准格尔之气质与内涵，准格尔旗文学艺术界联合会特整理出版“准格尔精品文库”，希望通过这套书，让更多的人了解准格尔、认识准格尔、爱上准格尔。

经风沐雨，砥砺前行，准格尔旗文学事业已绽盈枝之花。

百舸争游，击楫奋进，准格尔旗文学事业依然任重道远。

准格尔旗文学艺术界联合会

2025 年 6 月

目录

黄河母爱育中华

长城握手大河宽

大河穿越草原怀

大河怀抱准格尔

黄河两岸漫瀚歌

黄河母爱育中华

黄河母爱育中华，润物生灵瑞佑发。
直下昆仑元古迹，纵横州郡太虚葩。
香炉晚照波光涌，壶口晨烟旦气达。
几字弯弓泽九省，长城握手醉三峡。

黄河母爱育中华

黄河母爱育中华，润物生灵瑞佑发。
直下昆仑元古迹，纵横州郡太虚葩。
香炉晚照波光涌，壶口晨烟旦气达。
几字弯弓泽九省，长城握手醉三峡。
云桥正路弦如劲，铁索斜梁势若拔。
挈引安澜渠灌水，崩摧裂岸浪淘沙。
伏龙漱玉阴阳卦，变电调峰起落闸。
顾盼回萦何处往，奔流入海客还家。

夜宿黄河湾

夜宿黄河几字弯，惊奔泻下未遮拦。
繁星点缀棋盘大，墨玉盈余舞带宽。
蓄水截流欣净界，沉舟放电醉尘凡。
人皆喜大河春色，可有怜鱼逆跃攀？

露天矿

矿兽往来疏，
丘峦变墨湖。
移山填沃土，
电铝气油孵。

万家寨

滚滚黄洋泻，
截流势可夺。
伏龙欣所愿，
碧影荡清波。

神 泉

神泉大漠两情牵，
涌水流沙一线连。
浩荡黄龙开对岸，
凝思化雨落泓间。

水镜湖

九天坠落一仙桃，
醉卧尘凡仰碧霄。
幸有顽猴遗乱弃，
终归细水镜湖娇。

黄河谣

黄河百转绕山间，一路奔波宕逸前。
畏拒迂回方入海，融合聚汇始成涓。
携沙带土翻浆落，捣岸摧堤滚浪漩。
阔野膏腴滋社稷，文明进步更思源。

春　萌

残雪消融暖意增，阶前老树又春萌。
含苞紫气单株孕，待放银辉五瓣生。
朗月袭人疏影动，和风饰面暗香凝。
唐宗再渡仙游醉，羯鼓催花幻界登。

杏花吟

三春牧野醉诗魂，小径花香沁梦心。
玉面含情蜂雀顾，朱颜带雨燕虫临。
相邀丽日柔姿采，共盼丰时硕果寻。
莫恨凋零催落泪，萦回耳畔葬花吟。

咏万亩杏林

万亩银花三月开，芬香沁腑入园来。
晴川百里霜云素，暗角七分雪雾白。
咬定青山甘果味，抚平碧野露仁怀。
诸君雅兴春光赏，莫忘节时把树栽。

俯瞰杏林基地

杏林基地几多娇，花海碧波逐浪潮。
朵朵云翻接素月，层层雾霭染青涛。
梦出心底三魂落，人在画中六欲凋。
我愿长生欣此后，兴衰宠辱任风飘。

咏黄河太极湾

太极湾里太极图，鬼斧神工世界殊。
尽信黄河朝北去，何来碧水向西出。
高峡九曲回肠少，绝壁千层对垒孤。
母爱恩深环抱玉，陈抟老祖亦折服。

鹧鸪天·三咏油菜花

一

消夏乡村节庆忙，漫川花海竞妍芳。
千顷翠羽织裙绿，万亩金钗落鬓黄。
施粉黛，画膏霜，几回笑语映新妆。
定格取景纷繁复，最是闲行美色光。

二

六月长川洒碧光，金龙出海万丈芒。
青鳞片片生旌甲，锦羽层层化绣裳。
蜂带戟，蚁扛枪，鸣虫乐鼓斗蝶狂。
喽兵列队军容整，醉倒花香入梦窗。

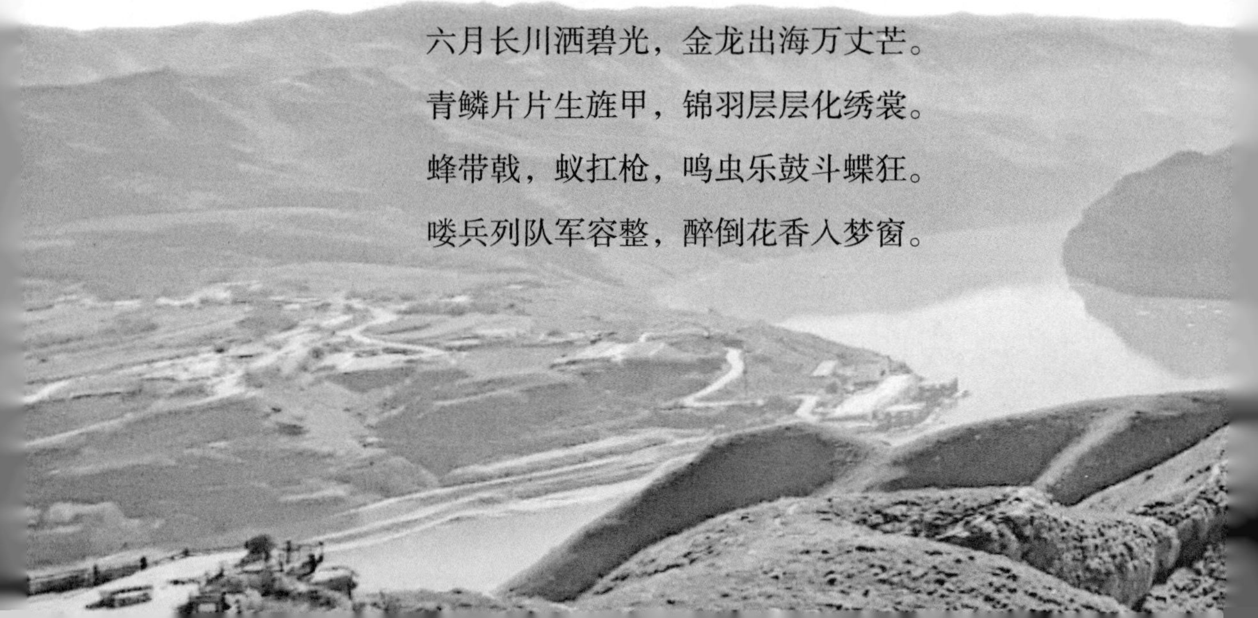

三

万亩油花六月黄，郊游未遇已闻芳。
牵肠沃土金辉路，注目长川锦绣廊。
痴隐隐，醉茫茫，回头企盼梦还乡。
人攒复市车船涌，古道隆昌旧貌扬。

鹧鸪天·黄河悬崖栈道赏冰雪

六孔崖窑十柱擎，寒岩冻谷几轮风。
光折玉带千丝绕，雪染龟纹万鹤鸣。
三帝乱，九天惊，八方圣主拜七星。
拉开百二秦关阵，一夜南征四五城。

登豹子回头观景台

斑斓巨兽饮清渊，
回望大河势若悬。
莫问岐山无此号，
别来愧守太极边。

咏黄河大峡谷

晋陕黄河顾盼迎，三弯九转慢前行。
边关号角留残念，大地风雷起盛名。
直下青川元古意，环游翠玉太极情。
云腾雾涌长丝绕，紫气频来百瑞生。

咏黄河三峡

身经百转海回还，梦启冰河至此观。
百里风云八卦阵，三秋岁月太极湾。
纵横绝壁金戈隐，叱咤高原铁马残。
碧水长安歌大道，龙蛇劲舞恋青峦。

鹧鸪天·春芳

塞北春回暖意浓，潺潺细水响叮咚。
塘堤雨打莲千座，柳岸风摇影万重。
桃蕊嫩，杏枝红，莺歌燕舞对娇容。
劝君惜岁前行早，莫待晨芳献瑞空。

鹧鸪天·杏韵

一束春妍万缕香，枝条泛浪卷云长。
风高不忍眉娇色，雨重难堪粉黛妆。
繁锦苑，碎琼堂，含烟是处洗凝霜。
谁执妙笔丹青泻，转角斜晖入画窗。

吟杏花

桃红亦妒杏枝白，喜盼春蕾作伴开。
未解三冬天漫絮，方享四月雪盈怀。
风狂尽扫花间苦，雨骤皆平萼底衰。
零落尘泥君莫恨，晴空自有暗香来。

长相思·杏子

风一遭，雨一遭，风雨交加蕊已憔。闲愁亦可抛。煦如潮，蝶飞高，尚有余妍欣自豪。葬花香暗消。

黄河三峡吟

谁开混沌光，古道太极长。
蒙晋清幽性，山河峻秀妆。
高峡千尺阔，峭壁百分狂。
瑞鹊陶然醉，空怀尽忘乡。

春游包子塔

春到大河镜面宽，氤氲绿染溢青峦。
柳风摇醒岩崖寂，杏雨催开寨落欢。
莺起吊桥惊宿水，花香栈道醉泊船。
文窗影射多情客，画景飞临玉指端。

太子滩与娘娘滩

巨舰河中渡，身随水落升。
功高归汉室，旷远寄烟篷。
入汛楫犹畏，流凌雁不惊。
桃花思旧主，泪眼泣长城。

题松月

谁曾月下枕松眠，旷野听涛不羡仙。
落雪生辉听古韵，腾蛟起凤话今篇。
青峰傲骨星云隐，碧玉柔情夜雨潜。
俯首群林抒雅兴，高原一树见新天。

咏春芳

向阳新绿谢和风，引惹春芳早弄晴。
碧水微痕鱼解痒，荒山重彩鸟耽惊。
纸鸢撩动流云瀑，陶柳钓得镜月澄。
悯护田农思暮雨，犁牛唤起日东升。

杏　云

和风夜送万般春，唤作晴川片片云。
柳岸芳郊无俗意，松间杏苑有佳人。
蝶飞胜境花香远，雨落仙庭瑞气新。
遣寄三千年旧梦，浮泥碾碎入诗魂。

诉衷情·杏花

杏花春雨燕双飞，髻髻亦争魁。泪容脂点腮露，香霭解风吹。　　蝶恋舞，月思归，艺为媒。聚焦投影，丹墨留形，律韵生辉。

鹧鸪天·春怀

细雨无声净浅埃，阶前翠点释春怀。
冰河解落鸭先语，旅燕知归杏早开。
莺韵起，蕙风裁，山川雪影暗香埋。
游芳树下多情侣，互让羞容已涨腮。

春 伤

流莺婉转葬花吟，不解残葩泪落深。
醉雪拂窗凝月色，香风入梦化诗心。
槁枯荣谢三千载，娇媚笃纯九万分。
纵使尘飞秋染客，红消树下叹芳魂。

㹀牛川

神山吐玉半石崖，一汩清泉润万家。
阴麓松涛翻翠岭，阳冈土脉化丹霞。
地开虚壑云集气，天赐乌金水洗砂。
欲借犊牛除虎胆，放归春野任腾达。

皇甫川

湳水东流入大河，富昌美稷起湍波。
还乡路上离人怨，点畔沟头皱面茁。
举目松髯形浩瀚，回眸杞柳影婆娑。
侵蚀表里谁能解，毓秀长川响漫歌。

浣溪沙·双山梁

造化钟灵韫玉光，二龙争列起鞍梁。红埃翠染野茫茫。　　泥塑腹中金圣谛，佛爷庙里小学堂。虔心醉解路泱泱。

捣练子·敖包堰

荒草地，砒砂岩。苦度十年九旱天。威势层巅金色起，敖包堰里马幽潜。

十六字令·白头浪

一

澜，百转湍飞几字弯。乾坤过，白浪涌河川。

二

澜，漫卷激流越险关。龙蛇舞，鳞甲耀青山。

三

澜，一泻清波吐玉团。舟楫荡，诗兴满云端。

浣溪沙·暖水山泉

暖水山泉日夜流，心非寂寞度春秋。屈身受困贵如油。　　曲畅清源开夏趣，暗香芳草解冬愁。归河入海不停休。

满江红·山杏

塞外春回，身形软，和风摇醉。剥褐甲，展舒青萼，渐开英蕊。姿引莺蝶羞玉面，色迷蜂雀逐娇媚。心已燥，残影弄香尘，催人泪。　　芽根聚，枝头缀。丁满布，星充沛。朔光拂绿果，乱波投碎。细雨柔洁轻浸染，金辉红晕微图绘。入口甜、润肺亦清肠，仁为贵。

神　山

左翼高极在，山峦不负卿。
和风冰露解，暮雨雪花凝。
吐玉泉声紧，流年岁气精。
神龙安卧处，怎肯浪虚名。

忆王孙·赞沙棘

抽条灌木赞沙棘，漠野迎春翠卷梯。满目黄花果刺袭。　咏今昔，水保功泽确耀奇。

杏花春雪

妍和正待晓春回，朔雪寒烟几度威。
素裹霜风桃雨落，清疏气脉杏花飞。
香魂醉启丹青牖，骨韵眠催赋律闺。
墨染云笺舒画卷，林园赴会料知谁？

虞美人·春妍

晴和催索春妍早，香雪乾坤搅。瑶池兴舞泻云飞，素点尘烟织梦戏寒梅。　　莺啼燕影花间醉，蜂起蝶如媚。雨柔怜念蕊初开，酥洗纤条红润入琼怀。

长城握手大河宽

长城握手大河宽，壁障悬隔古渡残。
草木飞萤黑界地，舟楫唱晓太极湾。
烹茶雅论雕鞍甲，煮酒闲听皓夜阑。
跃马驰疆天府际，游龙戏水朔云端。

长城握手大河宽

长城握手大河宽，壁障悬隔古渡残。
草木飞萤黑界地，舟楫唱晓太极湾。
烹茶雅论雕鞍甲，煮酒闲听皓夜阑。
跃马驰疆天府际，游龙戏水朔云端。
兴师会战黄沙退，布阵搏击碧浪翻。
特产绒羊圈牧场，珍稀锦鲤跳闸关。
低吟雪月松花照，顾眺霜枫柳火燃。
漫瀚声中携杏雨，归流卷涌过春山。

贺准格尔旗诗词学会成立

一

煤都璀璨映春光，地佑天缘骋丽煌。
笔墨儒风人蓄志，芝兰雅韵室留香。
溪流入海千山雪，善念从心万户窗。
漫瀚诗词欣共祝，开元再现亦轻狂。

二

文人墨客本轻狂，意气直抒不诩张。
律令今规无阻碍，遗风古训有弘扬。
君临盛境愁孤态，客在清渊喜自芳。
秀美山河弹序曲，激情震荡破春光。

漫游准格尔

一

左翼前旗胜景多，人文古迹缀星罗。
榆林贝府松王客，广衍明堂君子模。
美稷三湾滋玉海，平滩九曲映城坡。
西召渡口丰州会，寨子湖沙庙塔卓。

二

左翼前旗亮点多，非遗名录缀星罗。
方言谚语灯谜客，面塑陶瓷植染模。
漫瀚民歌服饰海，骡驮工艺礼俗多。
传说史话同经会，刺绣泥雕剪纸卓。

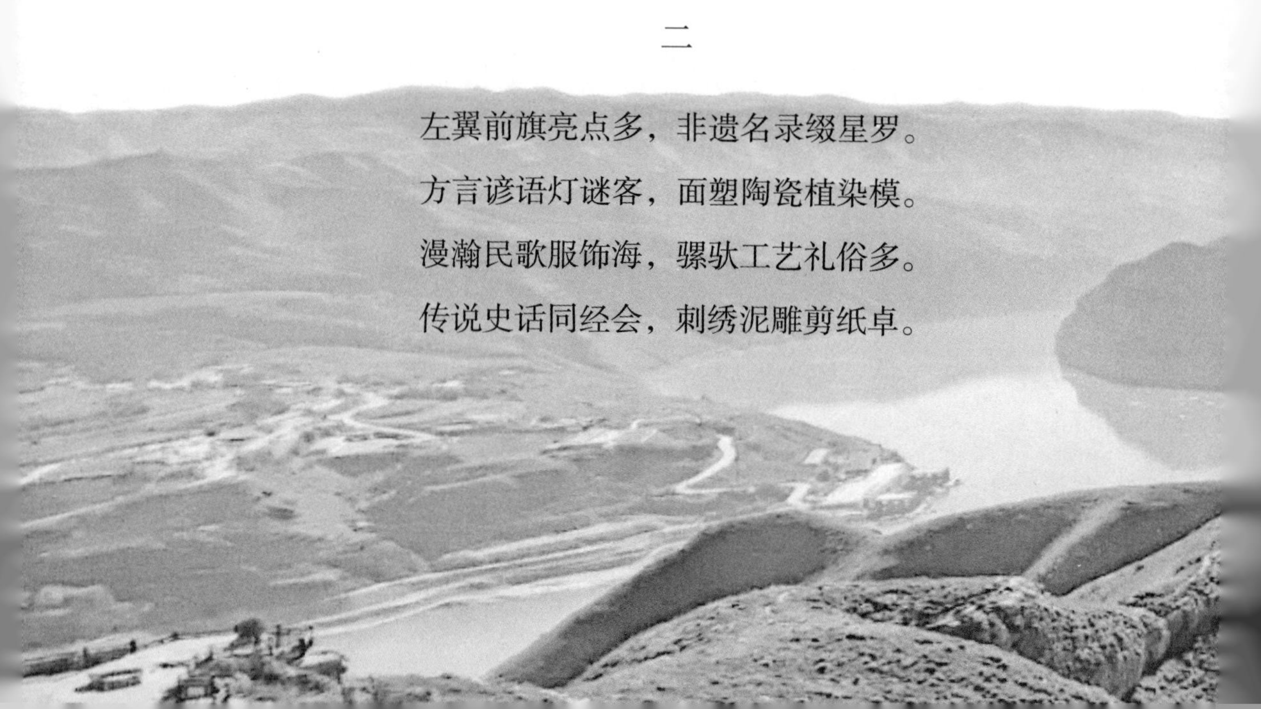

三

左翼前旗美味多，凉调热炒缀星罗。
椒羊碱米鸡鱼客，豆面油糕骨肉馍。
四素四荤香脑海，八碟八碗醉心窝。
冬梨夏果秋瓜会，杏露荞茶苦饮桌。

赞国礼瓷获全国旅游商品大赛金奖

一

欣闻国礼桂枝折，大气高端四组歌。
品味陶砂工细腻，平凡雅趣亦如何？

二

旅游商品创研发，力挺平民路线达。
巧取集思涵化育，简约便利乃赢家。

三

游连胜景未留心，各色文玩意动频。
不借风光开五届，但凭小品一处宾。

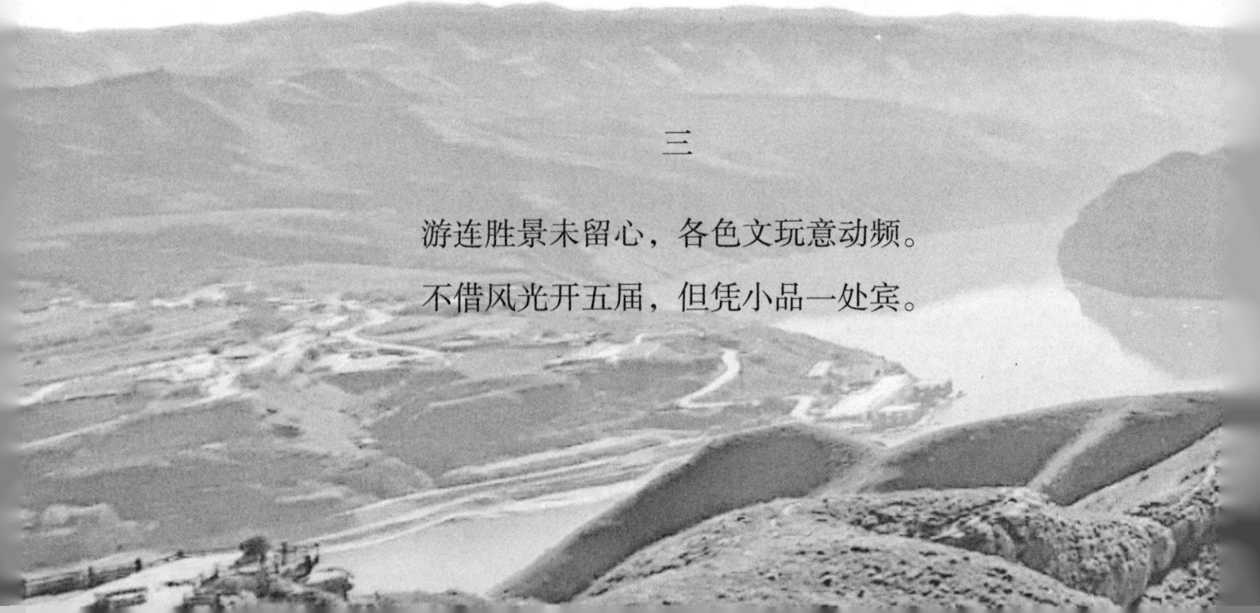

小占行

黄河儿女谱鸿篇，小占今昔话眼前。
晋陕寻根思古渡，池台悟道觅凡间。
鸡鸣三省四方客，礼赞一隅八路贤。
尽挑高檐初探月，更深把酒对无眠。

贺准格尔旗创建“中华诗词之乡”成功

九月煤城草木芳，诗乡创建耀光芒。
达标六进吟经典，扩面三分撰律章。
少将挥毫评语点，先生觅句赞歌扬。
今闻喜讯遥期至，比翼齐飞漫瀚堂。

咏橡皮坝

一湾碧水照双桥，
倒映钟楼体态娇。
镜面无痕飞燕起，
波纹点点痒酥腰。

咏鸡鸣三省碑

何听曲调弹，此处有奇观。
脚踏三方小，眉分两界宽。
轮辙追古渡，印迹访澄澜。
庶物皆融洽，家国合璧安。

游百里长川

村游释负长川至，信步闲庭野外来。
虎钮朱门衔碧草，猫檐黛瓦照青艾。
陶然惬意徐风里，自在抒情朗月怀。
浩渺烟波离恨去，兴衰宠辱尽颜开。

雨中游包子塔

黄河峡谷雨中奇，
半雾半烟泻太极。
谁见瑶池舒广袖，
崔城寨里乐依稀。

咏包子塔嵌入式悬崖酒店

嵌入悬崖酒店新，殊奇就在傍河滨。
朱窗拱起石窑洞，碧草攀缘木栅门。
俯视清流击澈浪，仰观寰宇宿星辰。
幽园小憩陶然梦，哪管浮生假亦真。

龙口黄河漂流试漂有感

烈日中天意趣豪，轻舟小试几回漂。
手执兰桨搏击浪，心系浮萍起落涛。
云影平移河岸阔，波光颤动水花摇。
顺流直下鸡鸣地，作伴游鱼任跃高。

咏鸣三省老七农家宴“六六八八”席

农家小院客如潮，宴座招牌饿念抛。
六素六荤凭巧手，八碟八碗借锋刀。
佳肴尽显工材技，美味全凭匠刻雕。
诚信待人多礼遇，非遗硕果更媚娇。

宽滩游

向晚驱车城外休，宽滩美景驻心头。
平川碧草溪回荡，旷野白鸥鹭自游。
月上初更潮气重，蛙鸣夜半噪声柔。
星移斗转千秋过，莫把风华付水流。

创城有感

大爱煤都育画堂，
三城创建喜芬芳。
心中若许丹青色，
自有评书翰墨香。

十六字令·创城有感

一

香，未下高楼早尽芳。心痴醉，景外亦风光。

二

光，彩羽花墙不染霜。缤纷季，盛境自飞扬。

三

扬，善念恩为礼制堂。修真性，画笔续文长。

四

长，秀美家园傲世妆。勤浇灌，日久见宁康。

五

康，育化文明正典章。传习貌，室雅品书香。

走包子塔悬崖栈道有感

碎雨微蒙健步迎，崔城寨外踏歌声。
蜿蜒小径拾阶转，漫瀚深情入耳听。
不解瑶池云海迹，难分岳岭笋石屏。
忽来雾散方发现，万仞悬崖任我行。

贺诗乡挂牌

漫卷旌旗彩练扬，煤都喜事贺八方。
才情瀚海丹心赋，韵律珠玑赤焰光。
点赞歌吟享雅会，统承文化续诗乡。
骚坛幸有鸿儒客，正典规章舵引航。

世界旅游城市形象大使赴包子塔后感

异国佳丽踏清秋，峡谷风光揽尽酬。
画里黄花人共赏，篱前瘦影客含羞。
高材百态千姿醉，娇体五颜六色柔。
吐蕊芬芳齐斗艳，邀词借句咏风流。

贺准格尔旗成功创建全国文明城市

九年争创获荣光，普惠于民效益长。
今日加冠书美誉，来年策业续宏章。
家园锦绣欣同建，社会文明喜共享。
我有仁心承礼信，愿得国泰寿无疆。

贺准格尔铁路客运线路开通

游龙下界碧辉娇，撒向新春茁壮苗。
领跑征程添羽翼，联通省市架涵桥。
安全正点功能大，稳定及时效率高。
普惠平民功绩在，欣然律韵贺头条。

游莲花辿

身披五彩衣，雨落染红泥。
滚滚丹霞涌，浓浓烈焰袭。
边关芳野道，殊域古城基。
静坐莲池久，禅心自荡涤。

题库布其沙漠神泉景区昭君出塞雕塑

昭君出塞憩沙头，回望大河染绿洲。
手捧甘泉洁玉面，心怀汉室佑皇刘。
胡琴伴雪声含咽，鹤鹭随风影带羞。
黄海兴来翻作浪，可曾挟裹一腔愁？

库布其沙漠汽车集结赛

马达撕裂大沙丘，
寂寞长空落雁愁。
激起黄尘重卷浪，
荒原瀚海泛新舟。

赞露天矿复垦绿化

谁言露采后人凉，复垦平原染绿妆。
种养桑田苗作带，砂石路网树成行。
花开自引蜂蝶舞，草长皆来鸟兽藏。
反转工农出意料，登高放眼尽荣光。

谒伏波将军路博德塑像

策马提枪至越琼，付波汉将戍云中。
神泉碧水难息恨，大漠黄沙不掩荣。
惯看霜晨风左右，周听露夜雨西东。
长河宛转环旋处，自有诗碑赋隽功。

致贺准格尔青年作家协会成立

应是青年领路人，恭逢盛世又逢春。
诗牵故土庭园味，律赋亲情长幼尊。
漫瀚风华滋锦苑，山河表里育忠魂。
勤耕雅韵心驰往，莫负光阴妙笔频。

赞人工降雪

晴空降雪慰三冬，舞韵公园碎玉琼。
地燥天干失雅趣，词糙律寡显平庸。
寒梅寂寞尘风里，稚子流连草木丛。
祈雨丰年呈兆瑞，人民政府记头功。

鹧鸪天·咏荣乌高速黄河大桥

一架飞虹跨远山，凭君幸会桂中蟾。
未拨弦乐惊天外，欲赋诗情起梦端。
风隐隐，雾团团，云开始可见狂澜。
通途不惧车流稳，直上青峰过险关。

观准格尔广场喷泉

月满清池剑齿工，莲开瓣瓣落霞红。
喷发玉碎珠光尽，破散风吹水幕空。
碧盏弯弓缠素影，金蛇摆尾戏银龙。
兴衰喜怒人生路，浪起潮平鼓乐中。

贺准格尔号动车首发

银龙载誉荐鸿梧，洒下金光万串珠。
美景盈怀京鲁地，嘉文入目晋蒙途。
汽笛唤友邀年尾，铁轨迎朋望月初。
漫瀚诗乡春满溢，歌吟客旅寄资福。

鹧鸪天·贺漫瀚女子诗社成立

漫瀚诗乡起惠声，巾帼漱玉醉笺屏。
柔心解落三冬雪，细手拂息六月风。
瑶蕊化，泪花凝，豪芒不改女儿情。
西窗燕语多怀寄，韵底流吟暑浴冰。

贺铁辰矿卡下线

矿卡多常见，无人驾驶稀。
消声惊错动，下线释然疑。
降耗节能法，达峰固本期。
绵延山野径，炭墨好新题。

纳林地毯

纳林地毯美名扬，传统轻工手艺香。
质地绵柔疑锦缎，图形饱满赛琳琅。
羊毛捻纺成丝技，植物泡发染色方。
体验需求终受益，骛新驱动再登堂。

樊家渠

垒窑陶土造粗瓷，
信手拉坯汗雨滋。
大美如初归素简，
民生朴陋最真实。

准格尔旗文创产品首发

左翼精梳文创妆，荧屏耀眼泛珠芒。
三春幻化结珍果，九月云开启玉窗。
电路千芯集智体，民歌百首入兰房。
胸中有爱发于内，不用风吹自溢香。

鹧鸪天·赞乌兰桥

骀驾若轻皆为舒，小城风涌乍通途。
相衔广岸经久会，纵贯长川片刻出。
南虎踞，北蛇扑，茕孑缆索近天都。
半湾秋水合明月，雀影屏开戏玉凫。

乡村乌兰牧骑成立致贺

文化惠民进万家，乡村组队展风华。
绾来旧发结新鬟，褪去粗麻换细纱。
起舞柔肢轻若燕，点唇笑靥美如霞。
泽风润我蟠泥早，礼赞春藤咏蜜瓜。

赞露天矿工业旅游启动

墨海春潮起翠微，移山再聚碧波随。
乌金吐瑞群芳悦，黛壤生恩万象辉。
踩线环游抒复垦，研学筑梦贺丰碑。
旌旗漫野新天地，卷展宾朋忘晚归。

赞“准点开讲”首讲

思政课开准点新，
聚合文汇泛诗魂。
承迎镜澈三江水，
寄望澄怀亦省身。

鹧鸪天·贺准旗三届作协

漫瀚文坛又报春，香笺赋韵醉芳魂。
风摇嫩柳千丝浅，雨润娇杨万点深。
开玉藻，泛金鳞，嘉劳巨笔刻玄心。
赊来赤盖曦颜铸，莫负华光放目寻。

参观中国历代绘画大系准格尔特展有感

妙笔生花咫尺间，邀君共赏越千年。
绢麻锦缎丹青册，印信题跋翰墨篇。
细若游丝精榷巧，粗当放浪陋洁廉。
心中有爱河山在，欲寄飞流仰散仙。

贺准旗三次文代会召开

今逢盛会抚弦诗，漫瀚春暄沃土植。
贯道文工千古韵，临流意远百家痴。
言洁为党能歌袴，品正亲民不济私。
艺海根深多自信，乡音赞里觅芳词。

大河穿越草原怀

大河穿越草原怀，引满雕弓富庶栽。
裂岸开疆泽沃土，挖渠引水润嘉材。
株林碧嶂无穷尽，漫瀚新声永不衰。
朔漠封喉中上界，长城饮涧帝王台。

大河穿越草原怀

大河穿越草原怀，引满雕弓富庶栽。
裂岸开疆泽沃土，挖渠引水润嘉材。
株林碧嶂无穷尽，漫瀚新声永不衰。
朔漠封喉中上界，长城饮涧帝王台。
调峰夏汛分峦谷，斗艳春芳晓杏腮。
喜兆东隅天际现，泪别西口路边埋。
令行赤野重披绿，环保乌金始变白。
驭马凌波出寄远，清流曲畅溯原来。

赞葫芦头梁党小组

煤都党史汇成篇，红焰春晖火种延。
漫卷旌旗思圣地，高擎臂膀忆源泉。
清明盛世刀锋启，正义时局剑气添。
举手承接先辈业，奋勇担当热血捐。

准格尔史话

一

木兰代父进军营，君子津头侧耳听。
竹马迎伋歌众礼，榆林会面谒圣明。
康熙放垦融耕汉，美稷收降筑顺宁。
首任伏波琼海望，胡服骑射几人评？

二

昭君北域美名扬，众帝之台社稷昌。
大禹洪疏导水道，阳湾木裹泥墙房。
榆溪塞里听烟柳，太子滩头话殿堂。
莫恋文姬归汉稿，白银镜鉴藏经黄。

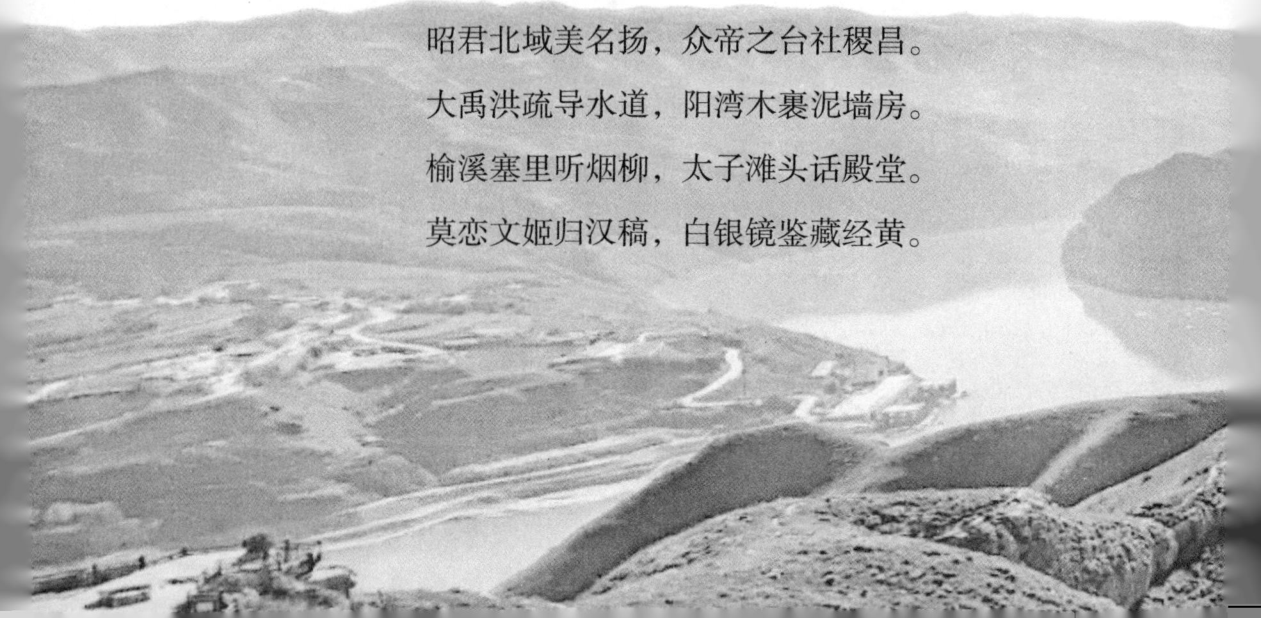

三

左翼溜圆白骏荣，北疆征战蒙恬忠。
晋男渡口离家远，孟女哭城落泪穷。
漫瀚声声吟盛世，诗词句句和英雄。
煤乡铁骨丹心照，续史碑书万代功。

油松王

立地矗云端，
九龙绞劲盘。
兴衰成败路，
入目万年观。

寨子圪旦

燎烟玉宇间，
肃气挂云前。
众帝台痕迹，
遗风入眼帘。

感伤胜州榆林城

残阳暮染废城郭，注目方思敬畏昨。
会面榆林威勇士，失颜圣主仗巾帼。
清心寡欲烽烟少，好胜争强战火多。
纵有千般荣辱在，皆随断壁赴尘国。

赞包子塔古村落

石村聚落傍黄河，浪渡飞舟对酒歌。
驭马翻腾瞻古道，驱车转蜿慕今辙。
清幽雅径高低错，静谧怡宅上下隔。
我自陶然寻往事，心归舍里一群鹅。

吟美稷城

西河美稷受降城，两汉威仪固本经。
片瓦无心悲雾雪，顽铜有意笑霜风。
单于内附匈奴印，乐府胡笳异域声。
宠辱黄沙皆淹没，泉流滳北照山晴。

游阿贵庙

满目山川沟壑坡，身临碧海肺舒活。
石窟庙殿飞天刻，草药花团占地多。
劲柏悬针穿日月，苍松擎伞化涛波。
青灯有幸留诗画，莫使方圆换古国。

赞油松王

一树称王万木尊，莽原独有巨灵神。
虬枝婉转腾云霁，枯干倒垂坐地根。
风起松涛翻碧浪，日出针叶盖浓荫。
不曾绿染丰州陆，哪见苍龙傲世文。

喇嘛洞

自恃长河挂壁危，敲石垒洞落悬垂。
云腾客在寻阶印，雨霁香息掩庙辉。
清月伴，冷风随，斜阳不改草发颓。
年年水涨舟难觅，纵有禅怀复去归。

竹马迎伋

西河美稷古风淳，竹马迎伋稚语真。
百姓知恩官道往，贤良治郡并州巡。
诚邀善地达尊表，露宿凉亭守信因。
载誉流芳镌汉室，青山翠染化嘉文。

鹧鸪天·君子津

古渡何来美誉享，币铢澄鉴玉怀光。
赍金大贾追皇殁，寻父小儿发冢丧。
凭义信，俱资囊，欣闻北魏帝褒扬。
子封津长名于济，鹊起云中两岸芳。

榆林会面

为显天威率队巡，大隋炀帝幸榆林。
拓开疆土屈夷落，夸示突厥抚启民。
御帐城东胡骇悦，赋诗漠北寡殊亲。
兴兵不比安良策，创史终须善政人。

采桑子·榆溪塞

蒙恬营造榆林塞，翠染溪途。翠染溪途，千里平冈玉带铺。　　边关号角潜声陌，壁垒风烛。壁垒风烛，傲立高原诉瑞图。

阳湾遗址

龙山聚落傍阳湾，半露方穴半掩残。
构室成排分大小，围沟设障保平安。
磉石趸柱工非陋，木骨泥墙技不凡。
最喜陶砖镶内壁，刀耕火种见奇观。

准格尔旗王爷府

盟旗官邸大营盘，锢锁韶光势染川。
起脊飞檐攀帝力，雕梁画栋仰皇权。
崇尊肃烈清王府，烜赫威仪泉子滩。
欲晓平章堂上印，培修焕彩渡脱凡。

忆王孙·丰州故城

藏才归宋赐丰州，砦二安宁固锁喉。川掌衔芳岁月幽。　不堪留。河外三州化土丘。

如梦令·城坡古城

横卧崖巅阳岸，俯视大河心颤。铁马越千年，西夏与金交战。尘幻，尘幻，峡影律风相伴。

鹧鸪天·点素敖包

点素敖包立莽间，积石垒就顶溜圆。
一波贯串十三曜，六遍轮回甲子天。
牛渐壮，草尤鲜，深情五月祭丰年。
长生瑞佑真如许，左翼前旗美景牵。

谒金门·杨家湾

年华淡，风起纳林河畔。执掌旗权开印案，杨家湾列传。　　正义招兵治乱，漫瀚情深获赞。不解遗存千古幻，孰是孰非断。

昭君出塞

汉家宫女到胡地，落雁花容始现妍。
古雪消融滋冻土，朔风凝止弃征鞭。
阴山泛翠无俗界，黑水澄清有大千。
怀抱琵琶歌瀚海，睦邻边塞六十年。

浣溪沙·胡服骑射

赵武灵王旧制除，陡升国力效胡服。超脱禁锢主革俗。　北略师胡骑射技，南安教胄拓开途。尘烟散尽枉同殊。

文姬归汉

蔡琰精音律，生逢乱世秋。
夫亡胡虏嫁，子散汉归俦。
乐府添新曲，书钞见旧丘。
谁怜风掠过，漠北寄遐幽。

城壕古城

大路新城望故城，
略识秦汉解尘封。
榆中县志多孤寂，
考古公园或鉴衡。

南坪东官府

显赫南坪府，感怀仁义堂。
窑开昔日景，草没旧时窗。
抗垦英名在，传奇岁月藏。
平添清史话，断壁掩流芳。

如梦令·石窑沟

遥望层峦障目，近莅山石突兀。僻隐驻军营，洞口东西入目。移步，移步，惊佩国防才度。

榆树壕古城

西汉五原领武都，
缘来阔土破匈奴。
谁究美稷知何地，
企待泉花串玉出。

吟长滩

古镇长滩晋陕风，
朱窗不掩旧门楹。
非题物利商家恨，
慢履急言诉众生。

德明堂

左翼官阶起落堂，百年风雪旧颜苍。
朝南坐北四合院，挂角悬梁五架梁。
灰瓦雕栏出正脊，朱门照壁走西墙。
闲云散尽平息恨，淡化恩仇见慧光。

浣溪沙·石子湾古城

北魏皇家牧场游，凡因狩猎古城修。行宫苑囿正迎眸。　　草碧桑弓惊雉鹿，林深柳箭悦王侯。幻听遥逝已荒丘。

如梦令·广衍县故城

上郡故城广衍，出土铁权为鉴。秦法四同则，一统六国功显。久远，久远，碧月长河不变。

吟十二连城

千年古迹胜州寻，静卧长河俯瞰今。
两地雄踞栖岁月，八城固守逝烟云。
榆溪塞上风兼雨，黼帐营中帝傲君。
梦断隋唐多少泪，边关战火化蓬尘。

崔家寨

长河眷恋任环游，壁立群山涧底收。
古韵新题忙四野，残阳晚照醉双眸。
石窑隐现忽遮月，蝶径横斜欲系舟。
伴客随风听漫瀚，一湾碧水忘东流。

鹧鸪天·咏众帝之台

国保不因简朴评，神权授意解尘封。
高台覆斗双重起，故垒岩石数页平。
八百仞，六千庚，虔心护佑帝安宁。
祭天防御合一体，追本探寻山海经。

竹里台长城

莲池屈脚下，罢朽逝边烽。
始末延绥镇，枯荣晋陕兵。
瞻窥临渡稳，坐守眺河清。
此物谁家有，朱门大道生。

大河怀抱准格尔

大河怀抱准格尔，物阜年丰放眼量。
果敢拼搏宏义厚，勤能进取盛德昌。
安居富庶承千载，乐业辉煌耀百强。
退牧耕来休土质，还林草起育山冈。

大河怀抱准格尔

大河怀抱准格尔，物阜年丰放眼量。
果敢拼搏宏义厚，勤能进取盛德昌。
安居富庶承千载，乐业辉煌耀百强。
退牧耕来休土质，还林草起育山冈。
晴空醉吻繁榆塞，晚照欢亲细柳塘。
爽畅荷风催夏景，轻柔杏雨赏春芳。
人文历史诗词地，艺苑非遗漫瀚乡。
绿色乌金书壮举，环流碧水见澄阳。

准格尔赞歌

风光小镇几多春，锦上华灯美景真。
碧水一湾添彩韵，煤田两座铸忠魂。
年丰物阜丹心润，国泰民安瑞梦寻。
厚载恩承豪气壮，抒言仗义满乾坤。

夜游薛家湾

交相道路彩灯开，夜览明湾感触来。
北水蜿蜒波浪起，南山烂漫翠微排。
神华助力传风骨，世纪扬威育栋才。
政治中心穿玉带，陶然泰若尽抒怀。

十二连城赞

榆林古迹戍绥边，水道黄河喜愈前。
卅顷新村垂示范，五家旧址进当先。
香瓜玉米能辞岁，苦菜油桃可贺年。
瀚野平川描靓景，沼泽僻地变桑田。

神韵纳日松

神奇碧野特牛川，皱壑横流羡炭繁。
耸立油松单木傲，相拥寺庙众林欢。
五十几座平安矿，四万余人锦绣坛。
致富平台思路好，多方共筑地基宽。

龙口礼赞

风云胜地树雄风，堑谷穷途今日腾。
坝底伏龙隔水断，船舷聚首裂山逢。
前滩后碛传说久，旧貌新颜曲赋成。
盛世华章思众意，瓜甜枣脆款亲朋。

暖水情

亘古流长碧水泉，砒砂地貌叹哀怜。
移迁出去人心聚，生态回归地表闲。
果杏群山欣绽放，虫鸡密谷喜哗喧。
扶贫政策碑书刻，携手城乡注目天。

放歌布尔陶亥

百年贝府慰苍天，苏木同心漫瀚联。
理论规模畜牧业，科学设计种植园。
截流蓄水功德厚，固土防沙任务艰。
朴素民风增斗志，承当励志谱新篇。

温情沙圪堵

政策春潮润旧都，科学理政显公仆。
舒心畅饮高原露，把脉深谋美稷图。
地毯久荣百二目，陶瓷国礼万千赎。
循环产业低能耗，跨越思维细品读。

魅力准格尔召

魅力西召再命题，谋局顺应抢先机。
伊东伊泰规模大，礼乐礼仪盛况奇。
生态安康舒雅兴，旅游悦逸变俗习。
凝心聚力中流柱，卓上青天有步梯。

雨沐准格尔

漫瀚之乡草复苏，悠然润物洗尘浮。
烟波浩渺抒诗意，暮霭迷蒙入画图。
历尽冰霜终蓄力，经由雪雨更茁株。
骄阳破晓开天际，万里鹏程振臂呼。

百里长川行吟

万亩松林

群林翠帐锁荒原，绿化深知创业艰。
凝目青葱谁染色，世行贷款换清甜。

爱情博物馆

亘古情长爱永恒，痴儿楚梦惹缘生。
新题不改千年誓，依旧百花叶底逢。

农耕博物馆

农耕馆里觅乡愁，睹物春思尽望秋。
巧匠良工多智慧，开犁破土忆青牛。

大路采风行吟

前房子

故地新游感赋多，红旗映照美朱阁。
情归绿野蔬庭院，喜遇闲行待客鹅。

石口子

小径蜿蜒入景深，环生碧水绕层林。
相寻秘境时发现，憩卧清波有抱真。

小滩子稻渔空间

碱水偏浇稻蟹田，游鱼绿意好空间。
荒滩变样谁得信，鹳顾莺啼盼稔年。

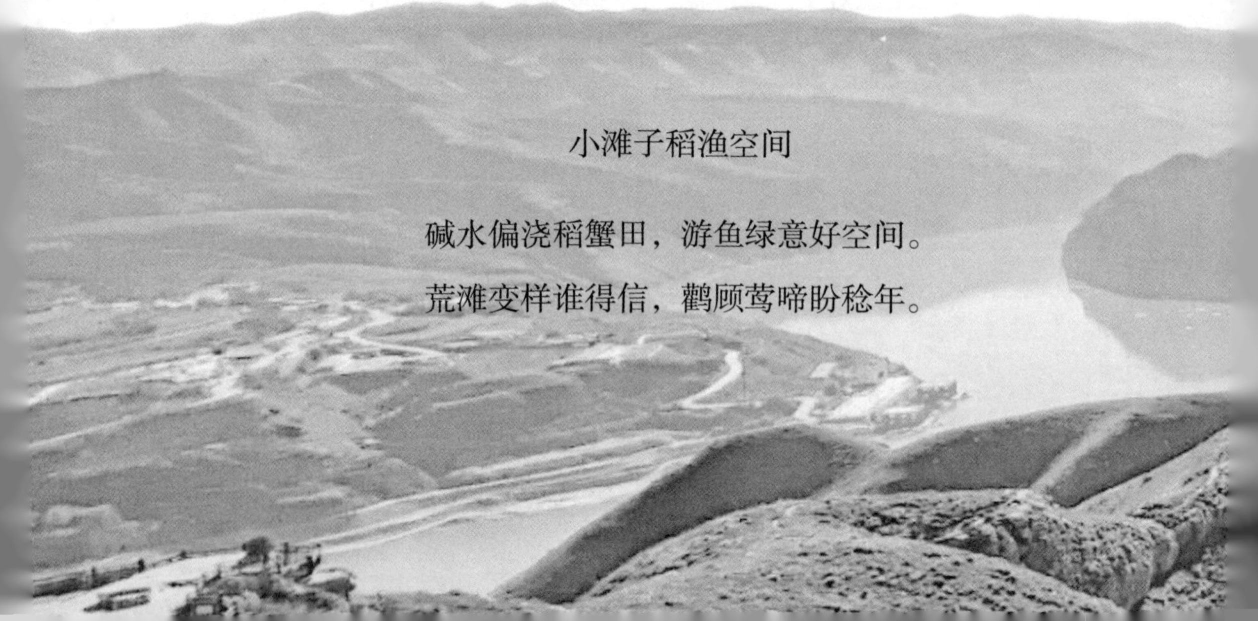

大沟观荷

瀚海终端草木昌，花香满堰醉方塘。
行深亦获芙蕖秀，玉盏禅台泛碧光。

苗家滩

苗植沃地早生根，沐雨临风正克勤。
莫道搬迁失旧梦，离人眼里见芳春。

西口古渡

清廷放垦入关来，晋陕佣耕界地开。
但见舟行穿岁月，焉知客往渡资财。
凭栏寄慨寻甘苦，浴水追思叹盛衰。
两岸心牵何处问，一桥飞架解亲怀。

鹧鸪天·咏大口工委

革命老区大口传，红星照耀北河湾。
燎原火种三支部，抗日烽烟两驿关。
凭赤胆，斗朱团，旗开古道战长滩。
铸魂欣有碑文在，左翼流芳慰岸南。

咏魏家峁党总支

准东开渡入红流，古驿时逢进步求。
碧水低吟怀旧志，寒窑盛赞引新眸。
偏关有径风拂草，左翼无阶雨润丘。
睹物方觉星火梦，旅童观礼祭涛头。

忆王孙·溜圆白骏

苍天受祉赐神躯。祖制轮回左翼腴。乌目黑蹄臀粉虚。　　仰白驹。春祭出游汇路衢。

十六字令·白银镜鉴

高，有寺嘉名赐两朝，白银鉴，法镜入西召。

康熙巡幸准格尔

圣祖巡征噶尔丹，御舟冰渡大河南。
水文释著唯清帝，义子恩泽在小滩。
赠寺官书惜化烬，题诗御笔叹凝澜。
心驰瀚海焉能阻，飞跨五十三丈宽。

乌夜啼·龙抱湾

河湾阮妇谦恭，引髫童，天子爱怜生羡，抱怀中。
君释卷，水文录，小滩荣，圣祖恩施左翼，艳阳东。

房塔沟

二产启先河，
酣讴矿业歌。
长工终逝去，
累解半枝茁。

榆树湾

大河九转泻龙壕，滞淀平川不忍抛。
建厂开工惊北岸，生炉打炭恋南窑。
成局火热伊盟显，矿业腾达左翼骄。
物是人非寻旧梦，欣然碧水泛春潮。

唐公塔

唐公塔下镇痴魂，
为爱甘于五马分。
婉转相思凄美调，
诉说一对有缘人。

二官镇

瀚海流金铁马驰，
飞沙卷落雁先知。
无声莫过东官府，
褪去繁华叹鹊时。

暖水苹果

心仪暖水砒砂岩，快乐扎根土砾间。
打理荣枯思岁景，平衡旱涝喜梯田。
花香引雉莺蝶舞，果色招蜂雁鹊喧。
为解河清甘受累，支农绿化贺新篇。

巨河滩鱼

也曾居主宴席单，待客春时正解馋。
朔漠翻沙鱼畅快，大河留玉水活宽。
达标守正行为本，洗澡清肠动作残。
地理商标凭记忆，真身不改慰食官。

点绛唇·准格尔羯羊

左翼羯羊，地椒甘草当食料。清泉润燥，沟壑川梁跳。　　美味出锅，香气扑鼻到。有收效。豪言相告，滋补何须药。

树农西瓜

左翼西瓜赞树农，
田园产业有专攻。
创新支部加协会，
绿染乡村满腹红。

浣溪沙·杏仁露

喜雨祥春唤杏花，阳湾点点抽纤芽。枝头诱惑喜娇娃。　　露化甘泉清肺好，仁成美味润肠佳。有机饮料众人夸。

十六字令·准格尔面塑

一

馍，巧手团出寿诞锅。高堂拜，面塑赶阎罗。

二

馍，巧艺蒸出大供桌。灵前放，面塑遣阴责。

三

馍，巧妇捏出质朴歌。亲朋送，面塑咏祥和。

骡驮轿

娶亲花轿两骡驮，
跳壑翻梁越险坡。
礼乐声声添瑞庆，
佳缘野径满红罗。

马棚麻花

马棚麻花两股拧，
麦香还忆旧时风。
浅尝焦脆无从改，
快乐舌尖趣味生。

采桑子·黑岱沟

露天煤矿亚洲最，气盛云霄。气盛云霄，倒海排山热度高。　　乌金遍野人潮涌，独领风骚。独领风骚，复垦青川泛翠涛。

忆王孙·红台子

得名丘阜古烽燧，赵氏家国显劲威。河外三州至此回，叹今非，草木知春堂燕陪。

露天印象

缘是露天一铲方，
剥离覆土上新梁。
乌金印象谁得解，
左翼雕开墨玉窗。

保龙昌

谁开秘境保龙昌，
草碧林深老翅翔。
人寿禅增无限好，
南河北转是阜乡。

李家坪

大河回望李家坪，
甘降身姿解蕙风。
花果山中寻早律，
我先开罢再春迎。

五家尧

村居蜕变五家尧，
产业集中引聚焦。
向往无尘晴雨后，
农闲晚照戏如潮。

苗家滩

易地搬迁守富根，重掘热土换乡邻。
窗明透过持家道，路正折出待客心。
北牧渔歌思困苦，南蔬果彩慰劳勤。
荒滩历变弯河畔，美梦承修尽化真。

渔歌子·广银店

怀抱平川草木繁，寝神之地大河弯。商旅逝，店家残，农闲小酒解心宽。

漫游魏家峁

魏家峁镇赋新篇，七彩祥光伴客闲。
坝锁黄龙拂玉镜，峡吞紫气泛青烟。
周公故里红潮涌，高压展厅绿电连。
旱野风来糜黍味，乌金翠染换蓝天。

长胜店

亦曾善地驻军营，
褪去时空喜振兴。
旧貌新修长胜店，
文明乐业赋镌铭。

十六字令·五字湾

骄，流水湾前晋陕潮。车轮转，西口智中豪。

四道柳川

曾播火种漫川红，
绥蒙赴延路径通。
霁野无才埋大炭，
千家饱暖慰英雄。

浣溪沙·龙王沟

裂谷撕川入大河，临风沐雨赋郊郭。龙王恨解嵌名夺。　　几字弯中天妒地，唐公塔下鬼痴魔。乌金净化泛清波。

刘家渠

黄土不埋径路刀，
滞回秦汉梦赊遥。
阳湾教育先河典，
寄宿书声恨顿消。

十六字令·贾浪沟

钦，左翼官曹首度闻。曾记否，覆载获荣身。

老井沙

饮马得泉老井沙，
帝王狩猎解身乏。
浮生荡尽终流逝，
有待残葩吐玉花。

海红果

睹物亲尝忆旧年，贫乡遍地海红鲜。
浓姿雨润欣佳色，厚味霜凌喜醉颜。
待客迎宾通礼遇，消食祛腻解油煎。
甘实果半堪良药，补脾强心且价廉。

浣溪沙·苦菜

旧岁充饥为乞活，而今显耀上餐桌。根白叶翠乳浆多。　　清热煎汤称饮品，消炎拌菜亦吃喝，城乡老少恋春和。

柳林滩

大河怀抱柳林滩，
阔野千顷傍水环。
漠岭飞湍流翠玉，
铺开镜面堰塘宽。

指雨房

地耕梁峁靠天成，
庶望难言旱涝声。
指雨焚香虔作法，
粗茶烈酒论阴晴。

神水沟

草茂林深一眼泉，清凉度世醉幽潜。
寒来雾霭花丛落，暑至蛙虾水底眠。
玉泻琼音禅入耳，珠垂雅抱律出源。
香袭手捧童心沁，慕羡村居自在仙。

红鞋沟

约会红鞋挂树头，
始知美女夙缘修。
而今不必相思苦，
见面何须下翠楼。

牛龙湾

固锁金汤设隘关，
骊牛俯瞰巨龙盘。
风云不改千秋梦，
勇往长河入海还。

柳树湾

柳树湾村庙记牵，
崇祯建召始八年。
长川古道悲西口，
度化宅心苦乐间。

咏水镜湖

潋滟湖心柳岸芳，沙鸥鹭羽镜川翔。
晴空晓籁追弦影，碧伞春波戏慕光。
瀚海流金山杏韵，田园贯古室珍藏。
谁执画卷初行笔，漫点朱蓝染北疆。

黄河两岸漫瀚歌

漫瀚乡弦起大河，河宽不阻亮高歌。
掏牙句子真情调，打趣由头假快活。
口拗求援风搅雪，言酸解缚药医痾。
一词多曲翻成浪，一曲多词放满坡。

黄河两岸漫瀚歌

漫瀚乡弦起大河，河宽不阻亮高歌。
掏牙句子真情调，打趣由头假快活。
口拗求援风搅雪，言酸解缚药医疴。
一词多曲翻成浪，一曲多词放满坡。
男女同腔八度跳，比兴对唱五音夺。
专修授业施良法，众化传承予重托。
乐府非遗无特性，民族艺苑有殊模。
春风又剪丝竹韵，但见新流水浩博。

漫瀚春韵

漫瀚春花几处栽，群芳舞曳尽抒怀。
情深姊妹交流往，兴致宫商比赋来。
眼面直言酥锦缎，心声曲径绕楼台。
非遗浩海多颜色，碧野奇葩吐艳开。

漫瀚情深

漫瀚情真草木鸣，音合晋陕乐俗成。
长腔碎语循梁意，短调闲言煮酒声。
异曲同歌风搅雪，联词对唱蔓缠藤。
欣逢盛世享甘雨，润化心灵自始萌。

贺展演中心赴印尼交流演出

漫瀚风帆正远航，民族艺术下南洋。
首开对外交流史，先启出国碰撞窗。
跳动音符无异调，悠扬韵律有同章。
且听捷报频传早，斗酒诗篇万里长。

赞展演中心印尼演出成功

斗酒诗篇万里长，轻吟只为寄新妆。
天南荡起丝弦调，海北传来赞誉腔。
亚艺娇花初焕彩，煤乡硕果早发光。
请君关注非遗界，漫瀚风帆正远航。

贺第八届漫艺节声乐器乐大赛开赛

又是欣闻燕雀鸣，浓妆淡抹露华声。
溪泉跳跃翻花浪，音调抑扬唤朔风。
演绎芬芳凭五韵，传承漫瀚待群英。
今朝沃土耕耘后，雨润春苗放早晴。

品漫瀚调

漫瀚乡音再品评，流莺耳畔绕梁鸣。
颜童稚气音传趣，鹤叟仙姿调带情。
醉美奇葩歌盛世，淳芳曲乐和征程。
花开艺海翻新浪，礼赞非遗共振兴。

乌兰牧骑60周年赞

以天为幕地当台，艺术红花吐艳开。
历练生活融剧本，宣传政策化题材。
长思重任方长久，不忘初心永不衰。
喜看东风拂嫩柳，草原儿女踏春来。

赞乌兰牧骑

朝迎雾霭晚迎霞，艺苑人生苦乐家。
一技多能穿地域，三餐少饮越天涯。
风云帐里乾坤转，礼制朝中意气发。
润化荒原红胜火，和谐社会育新花。

鹧鸪天·赞《牵魂线》

一幕歌弦漫瀚缘，由悲入喜转折间。
揪心不忍情思记，释负难平艺术牵。
观者悦，舞法妍，掌声雷动泪如涓。
剧终尚有人潮涌，回味犹甘恨早眠。

赞情景表演唱《美好家园人情厚》

众芳摇曳一枝开，漫瀚佳音沪感怀。
细作推敲添雨露，精工往复荡尘埃。
豪门盛宴侬家品，旧调新词蒙韵裁。
赞誉非遗承体系，群星璀璨戏连台。

赞精品文艺

漫瀚欢歌献祖国，春晖大地尽祥和。
珠圆短调如雷电，玉润长腔似浪波。
赏雅加俗词显巧，听风搅雪曲藏拙。
潜心巨力出精品，幕后谁知洒汗多。

鹧鸪天·观《山那边》联排有感

助力扶贫漫瀚声，牵肠入戏泪花盈。
一条主线通村路，两户残疾验政经。
甄世故，鉴人情，离合冷暖爱心称。
花香溢远谁堪采，满目春潮水湛明。

贺《山那边》首演成功

满目春潮水湛明，花香溢远又缘生。
离合冷暖肝肠断，聚散恩仇涕泪盈。
助力扶贫歌漫瀚，收官献礼赞夷庚。
诸君欲解人心性，山那边来把戏呈。

观乌兰牧骑舞蹈队编创集训汇报有感

莫道台前闪亮光，谁知汗洒灌心房。
纤腰挺立千钧鼎，弱脊弓背万仞冈。
鹤舞云端添瑞气，莲生水下润清塘。
吃得破茧成蝶苦，漫瀚春花耀文窗。

虞美人·漫瀚调

同腔对唱高音绕，即兴编词妙。就中风搅雪飞扬，鼓瑟合鸣兄妹水流长。　　非遗瀚海花心卧，吐蕊真情获。乡间沃土好耕耘，艺苑奇葩争艳满园春。

长相思·舞蹈队业务考核感怀

花盈怀，雨盈怀，春色如烟浸两腮，香风入梦来。

媚瑶钗，容瑶钗，丽影直飞出鉴台，九天金桂开。

贺《山那边》获奖

山那边兮郁郁葱，扶贫剧目获殊荣。
初心向党丰碑塑，壮志凌云正道通。
礼赞人民千界紫，讴歌社会百花红。
今朝有梦皆呈现，贴近生活话伟功。

赞交响漫瀚调

质本乡间朴野声，今临大雅赋佳评。
丝竹细雨合天籁，铙鼓涌泉入乐厅。
万马齐喑光不度，一腔断喝气浑凝。
磅礴力卷冲云汉，艺苑新吹漫瀚风。

浣溪沙·观漫瀚调交响合唱有感

艺苑新吹漫瀚风，丝竹悦耳绕梁鸣。宫商盛宴万人听。　　曲尽琴痴弦往复，歌绝旅醉客回萦。酣然入梦会群星。

赞元宵节音乐会

饮醉元夕客，痴心入梦怀。
风从长夜往，雨自漫天来。
雅气声如劲，柔光力不衰。
丝竹合癸卯，左翼戏连台。

第二届漫瀚调即兴编词擂台赛有吟

日晕双环瑞象呈，秋高气爽振群英。
随机应变抒怀咏，即兴编词悦耳鸣。
复赛冲关先打擂，决局晋秩早登峰。
乡音辈起原生地，唱响和谐漫瀚情。

观《同心记》有感

怀古颂今立意难，寻真线引艺精专。
老窑开纳瓷良贵，素友担承弟苦寒。
起落无常因欲果，分合有度在德端。
邀约共赏同心记，会友交亲访剧团。

跋

该诗集所选作品均为中华新韵。是本人考取自治区选调生后分配至准格尔旗工作以来，崇敬准格尔的历史人文和自然情感，所遇所想、所见所闻，随时而应、随心而为。恐拙笔浅墨，唯抒心释怀；恨才疏学陋，凭精心创作。勤耕不怠，鲜有所积，故精选200首诗词汇编成集。

通过该诗集，可浅悟准格尔厚重的历史文化、壮美的自然风光及独特的人文景观；通过该诗集，可微显准格尔丰厚的资源禀赋、开放的和谐环境与辉煌的发展历程；通过该诗集，可淡释准格尔人奋发的顽强意志、创新的精神品质和向上的道德风貌。

此跋。

何贵军

2025年6月